천마를 찾아서

실천문학시인선 042

천마를 찾아서

2020년 10월 19일 1판 1쇄 인쇄
2020년 10월 19일 1판 1쇄 펴냄

지은이 장문석
펴낸이 윤한룡
편집 김은경
디자인 윤려하
관리·영업 이소연

펴낸곳 (주)실천문학
등록 10-1221호(1995.10.26)
주소 남양주시 퇴계원읍 퇴계원로 52 405호
전화 02-322-2161~3
팩스 02-322-2166
홈페이지 www.silcheon.com

ISBN 978-89-392-3054-5 03810

이 책은 충청북도, 충북문화재단 이 후원하는
우수창작활동지원 사업의 일환으로 발간되었습니다

실천문학 시인선 042

천마를 찾아서

장문석 시집

실천문학사

제1부

제2부

제3부

제4부

제1부

모란

나무를 아버지로 꽃을 어머니로 하였다
성은 목(木), 이름은 단(丹)
호적에 오른 처음의 이름이었다
자라면서 파열의 조짐이 있다 하여
혀뿌리의 'ㄱ'을 버렸다 파문을 각오했다
내친김에 혀끝의 'ㄷ'도 'ㄹ'로 개명했다
미용에 장애가 된다는 이유였다
모란, 모란, 모란……
막힘없이 혀가 잘 굴렀다

그런데 향기는 어디로 간 거지?

꽃기린

꽃기린의 시체가 발견된 것은
늦가을의 이른 새벽
남으로 가는 고갯길 위에서였다

날이 밝자 사람들이 모여들기 시작했다
유난히도 모가지가 긴 것으로 보아
지독한 향수병에 시달렸을 것이라며
서로들 귀엣말을 주고받았다

척추의 마디마디 둘러 돋은 가시를 보고는
이건 본시 연분홍 물방울무늬였던 게 분명하거늘
이토록 뾰족뾰족 날을 세운 걸 보면
생의 신고가 얼마나 심했겠냐며
혀를 끌끌 차는 이도 있었다

분명한 건 꽃기린이 죽었다는 사실이었다
추위에 익숙지 않은 향기가

죽음에서 흘러나와
한낮의 햇볕 속을 한참 동안이나 서성거렸다

오후쯤에야 경찰이 도착했다
며칠 전, 고개 너머에서
꽃기린 하나가 사라졌다는 것이었다

그런데 실종신고서 어디에도
꽃기린이
꽃이었는지 짐승이었는지
명확히 적혀 있는 곳이 없었다

꽃밭의 카르텔

일단은 울타리를 치는 게 급선무다
울타리 속엔 아무나 드는 게 아니다
당연히 음서의 족보에는 이름이 올라야 한다
성골까지는 못 되어도 진골쯤은 되어야 한다
이런 골품은 신성하기 짝이 없는 것이어서
감히 잡것들이 섞여서는 안 된다
장미가문은 장미가문끼리
모란가문은 모란가문끼리
절대 순혈주의는 우리가 자랑하는
가장 오래된 전통이자
가장 우아한 정치적 식견이다
대대로 물려받은 관직에 뿌리를 내리고는
겹꽃과 통꽃을 피워 벌과 나비를 다스린다
신문고는 설치하되 울리게 해서는 안 되는 법
주어진 꿀과 향기에 감지덕지하는
선량함을 배양하는 게 통치의 기본이다
태평성대는 쉽게 이루어지는 것이 아니니

이심전심 우리는 카르텔을 맺는다

견고한 울타리를 만든다

우리들의 부처

그 숲속엔 불상이 없는 대좌가 하나 있다

중원 대회전을 승리로 이끈 대장 수사자가 보무도 당당하게 무리를 이끌고 와 그곳에 주둔한 적이 있었다 붉은 수레 꽃다발은 대장 수사자의 위엄이자 권위였다 대좌에 걸터앉아 한번 일갈하면 뭇 짐승들의 꼬리가 까맣게 오그라들곤 했다 이제부턴 내 말 한마디가 그대로 법문이 되리라 모두들 백팔배로 경배를 했다

늑대 한 마리가 표표한 유랑의 자태로 스며들어 은밀한 포교를 하던 시절도 있었다 대좌 밑에 검은 발톱을 감추고는 하얗게 분칠한 얼굴로 '떡 하나 주면 안 잡아먹지' 자비의 시늉으로 법회를 열기도 했다 보살들이 합장배례로 제물을 바치며 향을 올렸다 더러는 옷고름 풀었다는 풍문도 떠돌았다

두꺼비 부족이 떼거리로 몰려오던 간절기도 있었다 경칩이 막 지날 무렵이었다 너도나도 대좌에 기어올라 가부좌를

틀고는 진화에 대한 난상토론을 벌였다 진화의 궁극은 꼬리를 과감히 떼어 버리고 물과 뭍을 자유자재로 오가는 양서(兩棲)의 경지에 이르는 것, 그 경지라야 육화된 염주돌기를 등에 질 수 있는 것이라며 고콕고콕 염불을 외기도 했다

보고 듣는 게 생존인 토끼 한 쌍이 대좌에 깡충 뛰어오르던 계절도 있었다 회동그란 눈망울을 상하좌우로 돌리며 연신 큰 귀를 쫑긋거렸다 노심초사야말로 종족 보존의 유일한 방책이며 조심과 도망만이 최상의 경전이라는 그들의 설법에 많은 신도들이 합장을 했다 목탁의 눈시울이 붉었다

많은 짐승들이 그렇게 대좌에 앉았다가 사라지기를 반복했다

천마총

하늘을 날던 말이 있었다
죽간에 갇혀 낡은 활자나 경중대는 검은 말이 아니라
구만리장천이 자유자재인
신령스러운 흰 말이었다 한번 솟구칠 때마다
천지간의 말씀이 인동당초문으로 출렁였다
뿔에선 언제나 서늘한 서기가 뻗쳤고
갈기와 꼬리에선 날카로운 불꽃이 일었다
감히 범접 못 할 위용이었다
그 시절, 하늘과 땅은 그 뜻이 조금의 어긋남이 없었다
때맞추어 비의 말씀이 대지를 적셨고 감사의 곡물이 제단에 올랐다
우순풍조하여 태평성대였다
이에 경향 각지의 선비들이 몰려와 저마다의 붓을 들어 말씀 한 필 짓기를 청하였으나
무슨 비의가 있음인지 도제를 두지는 않았다
그러던 어느 해던가, 항간에 자신의 이름을 팔아 혹세무민하는 무리가 출몰한다는 풍문에 접하고는

사나흘 장탄식 끝에 스스로 짠 백화수피 14진 속으로 들어가

여태껏 모습을 드러내지 않음은 세상이 다 아는 일이다

내 고향 고은

'굽다[曲]'의 옛말은 '곱다'이지
그래서 '곱은' 길가 마을을 '고분터'라 불렀지
내 고향 '고은'은 그 '고분'이 변한 말이지
높은 고(高) 자에 숨을 은(隱) 자를 떡하니 차용해서는
나는 그 어휘의 내력을 몰랐지
하지만 얼마나 다행이랴, '高隱'이라니!
어느 지조 높은 선비가 말년에 은거한
자못 유서 깊은 마을인 줄 알았지
그리하여 딴은 고고한 표정을 짓기도 하며
그런 선비가 되길 꿈꾸었지
거문고와 서책 벗 삼아 유유자적
바람과 달빛 희롱하고 싶었지
그러다가 먼 데 지음(知音)이 있어
꽃그늘 찾아들면 그 아니 기쁘리
은하에 술잔 띄워 새도록 대작을 하며
시 한 수씩 돛폭에 휘날리고 싶었지
청아하구나 물빛이여, 술대를 들면

그윽하구나 술맛이여, 술잔을 비우고
도도한 취흥으로 새벽 포구에 닿고 싶었지
거기서 서로의 팔베개로 잠들고 싶었지
아, 그러나 몰랐어라 그 길이 굽은 줄은
굽은 길은 어떻게 돌아야 하는지를
일찍이 해답을 구하지 못했어라
그래서 마주한 주판알과 치부책
외눈박이 구름과 기름진 꽃잎이 있었지
먼 데서 오는 한 장의 서신이 없어
줄 끊어진 거문고만 바람벽에 이마를 찧었지
그리하여 나는 지금 누구도 없이 독작을 하지
은하는 메말라 사막이 된 지 오래
술잔을 띄우지 못하지
제아무리 굽 높은 구두에 깔창을 깔아도
술 깨면 세상의 가장 낮은 곳
비린내 나는 포구였지
'高隱'은 보이지 않았지

점성술

별들의,
지상으로의 이전은 끝이 났다

별들은 도처에서 나뒹군다
빌딩의 어깨 너머에서
마네킹의 콧잔등 위에서
곤두박질친다

개의 모가지에서
딸랑딸랑 두 손을 비비기도 하고
변두리 미용실에서
늑대의 이빨에 금박을 입히기도 한다

은하의 조류는 거칠고 빨라 연일
좌초와 침몰의 소식이 끊이질 않는다

하여, 기항지마다

피 묻는 별들의 도박판이 열리고
대가리 없는 별들의 검무가
술에 취한다 칼끝에서
피어나는 꽃, 꽃들
멀리서 보면 모두가 같은 별이다

젊은 날 은하를 건너다
그만 아랫도리 찢긴 암사슴이
홍등을 내다 걸었다 하루에도 몇 번씩
난파된 별들이 찾아와
조금씩 울음을 나눠 마셨다

밤하늘이 너무 캄캄하여
내 울음도 몇 번 고꾸라졌다

점성술은 이미 도편 추방되었다

치맥공화국

다리 두 조각과 날개 두 조각
몸통은 좌우로 각각 여덟 조각
일단은 그렇게 짝을 맞춘 다음
그 위에 모가지 한 개를 더 얹어
저울 위에 올려놓는다

계체량에 따라
우수리 조각을 더하거나 감한다

대가리는 버리고 발목은 아예 잘라
입양을 보낸다 속 편하라고
내장도 개에게 주어 버린다

마지막으로 끓는 기름을 하사하여
목욕재계의 은총을 내리면
비로소 공화국의 식탁은 완성된다
이 얼마나 먹음직스러운가!

우리는 은빛 삼지창을 들이대며
희희낙락 맥주를 즐긴다
취할수록 그들의 후예는
줄기차게 부화한다 근교의 양계장은
날로 번성 중이다

귤

마침내 귤 한 상자가 도착했다
먼 나라에서 뗏목을 타고 오느라
볕과 바람에 그을려 피부는 노랬고
물살에 깎이어 온몸은 동글동글했다
어디에 굴려도 잘 굴러갈 것 같았다

그때 나의 손톱은 기다림의 조바심으로
독이 잔뜩 올라 있었는데
그것으로 귤에서 탱글탱글한
맛의 조각들을 꺼내 식탁을 차릴 셈이었다

추운 나라에서는 귤이 잘 자라지 않았다
그래서 남쪽 나라에 서신을 띄우고
모닥불 근처로 사람들을 끌어모았던 것이다

귤 한 개를 꺼내 의기양양 손톱을 꽂았다
그러자 초록 귤즙이 주르르 흐르는 것이었는데
몇몇이 그 맛을 보고는 얼굴을 찡그렸다

에이, 이 귤은 덜 익었군
사람들이 퉤퉤 내뱉고는 뒤돌아섰다

그들이 떠난 후 나는 혼자 중얼거렸다
그게 왜 내 손톱 탓인가

삼각형의 사랑을 하고 싶다

바람이 불지 않는 숲엔
나무를 심지 않는다
물결이 일지 않는 바다엔
배를 띄우지 않는다

바람과 물결이 지상에 세우는
삼각형의 집
쓰러지지 않는다 침몰하지 않는다

견고한 수평에 뿌리를 내리고
서로의 이마를 맞대면
보아라, 허공의 한 모서리 날카롭게 끌어안는
저 푸른 생의 꼭짓점을
그 안에 사슴과 고래가 산다

시대 불온하여
거인국 병사들이 국경을 넘어

무지막지한 돌칼을 휘둘러도
서로의 각도를 주고받으며 버텨내는
결코 무너지지 않는 내각의 합은 180도

그렇다고 피라미드는 아니다
피라미드는 발이 세 개 달린 미라
사막 한가운데 흉측한 몰골로 서서
뭇 낙타 떼의 모래바람에 시달리는

그런 썩지 않는 유물이 아니라
머리 희끗한 계절이 오면
선선히 이승에서의 꼭짓점을 풀고
180도, 원래의 제자리로 되돌아가는
그리하여 영원한 수평이 되는

용치놀래기*

고분고분해져야겠다
괜히 거들먹거릴 일이 아니다
자칫 눈에 거슬렸다가는
한 점 비늘조차 건사치 못하리니
일단은 아랫도리 달뜬 암컷이 되어
살랑살랑 애교 떠는 것이 상책이겠다
조개도 잡고 새우도 잡아
오, 당신은 나의 태양
혀와 입술을 놀려 진상도 해야겠다
비록 정궁은 못 되어도
후궁의 첫머리에는 앉아
임시방편 호사도 누려야겠다
그러면서 은밀히 몸집 불리며
호시탐탐 기회를 엿보아야겠다

---

* 농어목 놀래기과의 바닷물고기. 하렘 형태의 군집 생활을 하며 수컷이 사망하거나 제거되면 몸집이 가장 큰 암컷이 수컷으로 성전환을 하여 새 우두머리가 됨.

한 생이 이래서야 쓰겠는가
저 수컷, 교만 방탕하여
언젠가는 치명적 급소 드러내고 말리니
그때 단칼에 제거해야겠다
그리고 재빨리 변신하여
뭇 암컷들의 새 수컷이 되리라
멋지고 당당한 제왕이 되리라
제왕은 자고로 위엄으로 사는 법
청록 황록 어우러진 용포에
익선관 뾰족이 세우고는
아담하고 귀여운 나의 암컷들
수시로 점고하리라
붉은 능라에 검은 점줄무늬 활옷을 입혀
좌우에서 춤추고 노래하게 하리라
질투는 금물
은총 또한 골고루 내릴 것이니
무릇 나의 족속은 얼마나 번성할 것이냐

최후통첩

검은 관을 내린다
이젠 되었다 더 이상 떨지 마라
바로 위에가 갑판이었는데, 햇살이었는데
반음밖에 안 되었는데
그 반음 채지 못했음을 자책하지 마라
채 주지 않았음을 원망하지 마라
향촉이다 너희들과 함께했던
한 소절을 태운다 눈물이다
사무침이다 돌아보지 마라
국화꽃, 저 하얀 국화꽃
못다 부른 저 노래들
속절없이 시들고 있다
이승의 옥타브에서 사라지고 있다
그냥 거기 있어라 이번만큼은
제발, 가만히 있어라
이 더러운 이승의 음계에
다시는 발을 들이지 마라

비둘기 발등이 붉은 이유

반드시 약속을 지키겠다는 것이다
끝까지 최선을 다하겠다는 것이다
이제부터는 평화롭게 지내자는 것이다
그러나 그냥은 못 믿겠다는 것이다
그래서 도장을 찍고 또 찍었다는 것이다

먼 조상 때부터 수없이 반복된 일이라는 것이다

강 같은 평화

다리 밑에 유배되었던 푸른 비둘기에게서 물결무늬 소인이 찍힌 편지가 한 통 왔다

이제 입춘도 지났으니 다시 광장으로 날갯짓해도 되지 않겠느냐는 것이었다

밤새 뒤척이다 새벽녘에야 겨우 답신 한 줄을 얻었다

비록 입춘이 지났다 하나 그 경계가 분명한 것은 아니어서

아직도 광장은 회색 비둘기 떼 구구대는 겨울공화국이니 또다시 이단으로 몰리지 않으려면 그냥 죽어지내는 게 상책이라고

봉함하려다가 한마디 더 덧붙였다

그대는 영영 돌아오지 못할 수도 있으니 서두르지 말라고

제2부

화전

벌써 한랭전선이 붕괴되었는지
여기저기 총성이 가득하다
서둘러 군장을 꾸리고
적진을 살피니 이미 곳곳이 화점이다
하얗고 노랗고 파랗고 빨간
총포가 산발적으로 불을 뿜고 있다
황급히 벌과 나비를 불러
포연과 탄우의 척후를 정탐토록 했으나
미처 그 충직성은 간파하지 못했다
아니나 다를까, 척후병들은
저들의 달콤한 유혹에 빠져
곧바로 자진 투항하더니
오히려 아지랑이 전령을 보내
항복 문서에 서명을 강요한다

해마다 나는 그들에게 패배한다

너도바람꽃

마땅히 네게 죄를 묻겠다
그래서 네 앞에 낮은 자세로 앉은 것이다
이실직고하렷다!
네 도대체 무슨 연고로
요렇게 요염한 바람개비로 서 있는 게냐
원앙금침 화사한 침실도 아니고
마을에서도 한참이나 떨어진
이 바람 부는 외진 등성에서
다짜고짜 길손의 바지춤을 잡아채는 게냐
바위의 뒷덜미엔 아직도 잔설이 차거늘
이런 궁벽한 곳에서 연분을 짓자는 게냐
네 정녕 바람이 난 게 분명쿠나
그 연유 알 만하다 조그마한
입김에도 이리 살랑 눈웃음 도는 걸 보니
이제껏 네가 홀린 한량이 몇이나 되더냐
나만을 기다렸다는 그 말, 믿어도 되느냐
길고도 추운 동지섣달이었다

밤마다 처마 깊숙이 매달려
설창을 넘보던 고드름
너도 알고는 있었느냐
그 속에 새하얀 달빛이 있었다
그 은밀한 반짝임 들킬라
입춘보다 앞질러 서둘렀던 것인데
요, 앙큼하고 귀여운 것

확,
튈까

가을 비망록

마침내 종전이 선언되었다
병사들은 서둘러
초록 군복을 벗기 시작했다
허리춤에서 떨어져 나온 탄피들이
울긋불긋 팔부능선을 넘어갔다
전리품은 역시 달콤했고 풍요로웠다
반달곰 부관은 석청 두어 되 짊어진 채
길채비 서두르고
다람쥐 첨병은 새벽부터 알밤 챙기더니
하마 뒷모습이 묘연하다
지금쯤 집에 도착했을 것이다
무성한 무용담을 군불로 지피며
오순도순 아내와 팔베개를 할 것이다
그걸 알고 소낙비는
게릴라전을 멈출 것이고 폭염은
인해전술을 거둘 것이다
곧이어 자작나무 평화유지군이

북부전선에 도열할 것이고
함박눈이 환영의 깃발을 흔들 것이다
그걸 신호로 산비둘기 날아와
깃발 한복판에
평화, 라는 낙관을 찍어
최종적으로 전쟁을 마무리할 것이다

그때쯤 나도 붉은 석류즙을 찍어
지난 계절의 비망록을 쓸 것이다
언제나 그렇듯
그 첫머리는 똑같을 것이다

—봄이 되자 기러기 외인부대는
　종전선언문을 찢어 허공에 날리고는
　또다시 얼음나라로 돌아갔다

늙은 전나무

혁명의 시대는 이제 가 버렸다
부름켜는 켜켜이 녹슬었고
물관의 수원도 고갈되었다
평생 껴입었던 초록 갑옷에서
갈색 살비듬이 부스스 흩날린다

한때 성탄의 은총을 기도하기도 했었다
온몸에 소망의 알전구를 감고
밤새 반짝이거나
온종일 은종을 흔들었다
그래도 빵과 포도주는 멀었다

함박눈 가마를 타고 온 순록과
사랑을 나누던 계절도 있었다
그러나 순백의 사랑은 쉬이 부패했다
봄이 오기도 전에 순록은
툰드라의 설원으로 되돌아갔다

척추의 마디마디 누런 송진이 엉겼다
너무나 끈적거려 쉬 아물 것 같지 않은,

저물 무렵, 비둘기 한 마리가 찾아왔다
붕대 대신 백포도주 한 병을 물고 왔다

—당신, 오늘 밤 나와 한잔하지 않겠소?
　그래도 몇 편 제법 안주가 될 만하니

안경을 잃어버렸다

그 안경,
역마살 낀 어느 모험가가 쓰고
저 험하고도 아름답다는
차마고도의 메리설산을 넘거나
캄차카반도의 용암 들끓는
분화구도 들여다보고
아마존의 낯선 밀림에 들어
사람 처음 본 분홍 원숭이와
눈싸움 한참은 했으면 좋겠다
그 안경,
머리 희끗한 시인의 눈이 되어
말과 더불어 새벽길을 가거나
먼 하늘 별빛 잠시 멈춰도 좋겠고
갈색 베레모의 화가를 따라
노을 비낀 금빛 여울
올올이 화폭에 담아도 좋겠다
까짓것, 남루한 노숙자의 술값이 되어

낮술 불콰하니 객기를 부려도 좋겠고
가을 볕 드는 공원 벤치
낮달 보며 이냥 잠들어도 좋겠다
아니다, 그 안경
나보다 훤칠한 난봉꾼이 걸치고
살집 포실한 여인네 곁에 누워
한나절만이라도 흐물흐물
노닥거렸으면 좋겠다

아주 이참에

소리를 읽다

귓속 달팽이도 이제 늙었나 봅니다
발은 느리고 안테나는 녹슬었습니다
몇몇 주파수가 귓바퀴를 맴돌다
이내 모르는 척 사라집니다
따라잡기 어렵습니다
어쩌다 잡히는 것도 색깔이 명확지 않습니다
고마운 말씀이지만 보청기는 사양하겠습니다
듣는 대신 읽는 법을 배우는 중입니다
내 안의 서재가 온통 소리라는 걸
깨달은 건 얼마 전의 일
읽고 싶은 것만 골라 읽어도
여생은 넉넉히 건널 수 있을 듯합니다
무엇보다 당신이 거기에 있습니다
당신의 입술과 눈빛, 그것으로
당신을 읽겠습니다
어쩜, 당신을 똑바로 바라보는 일이
진정 지금부터인지도 모르겠습니다

환승

내리고 보니 봄빛 완연한 벚꽃역이었다
두리번거리는 나를 보고 지나는 구름이 갸우뚱했다
잘못 내린 거 아니냐, 는 투였다

때 묻은 털모자를 쓰레기통에 던져 버렸다
파릇파릇 머리가 시렸다

애호랑나비가 어깨에 앉았다 남녘으로 날아갔다
휘파람새가 먼바다 소식을 전하기도 했다
그러니까 당신의 종착지는 여기가 아니라는 얘기였다

그러나 서두를 필요는 없다
이 벚꽃 또한 한철이려니
더불어 노닐다가 환승해도 늦지 않겠다
붓꽃 마을은 이제사 연적에 물을 담으려니

혼자 바둑을 두다

화점에 꽃으로 앉아 있는 너에게
날일자로 다가간다 그러자
너는 한 칸 높은 눈목자로 협공을 한다
예상한 눈흘김이다
머리를 중원으로 내밀까, 하다가
이선 날일자로 낮은 포복을 한다
너는 삼삼을 지켜 옷매무새를 바로 하고
나는 내친 김에 옷고름을 슬쩍 민다
너는 당연히 제치고
나는 눈치껏 아래로 꼬부린다
수순불퇴다 오금을 박으며
너는 잽싸게 모자를 씌운다
나는 짐짓 모자챙 몇 번 들썩이지만
너는 단호히 누르고
아예 장문을 친다
졸지에 퇴로가 마땅치 않다
너의 눈목자 밑에 공간이 있다 하나

구차하다 나의 사랑은
그런 도망을 도모치 않는다
이제, 나는 너에게 잡혔다

돈가스

돈가스가 날아간다 동트는 새벽이다

넥타이가 하루의 골격을 세운다
숨 쉬는 것, 먹는 것
이외의 잡생각은 들이지 말 것
옥죄어 맨다 꼭꼭
견고한 구두가 동행할 것이다

돈가스가 날아간다 벚꽃 그늘이다

아이들에게 과제를 준다
꽃의 무게와 깊이를 측량해 보라는,
버리기 위해서는
계량화가 우선되어야 한다
명확할수록 소멸은 쉽다

돈가스가 날아간다 수평선이다

구두가 멈춘다 돛이 없다
가까스로 포크와 나이프가 지켜내는
저 어둔 등대의 눈빛
돌아서라는 말인가
항구의 침묵이 길다

돈가스가 날아간다 갈색 바람이다

마침내 카리브해일 것이다
혀끝은
커피의 향, 그 어디쯤을 더듬고 있다
더듬는다는 것, 그리워한다는 것이다
넥타이 밖에 있는
계량화되지 않은

도미니카, 당신은 참 돈가스를 좋아했다

액자가 걸린 삼겹살집

—여기 돈가스요

나는 코코넛 그늘에 앉는다
이런 곳에 돈가스 전문점이 있다니!
등 구부린 수평선의 안쪽이다

코코넛 오일이 푸르게
끓고 있다 해안으로 밀려오는
하얀 조각들, 바삭바삭한

너무 보채서는 안 된다
요리사가 자칫,
뒤집는 시간을 놓칠 수도 있으니

백포도주를 따른다
잘 발효된 카리브해의 햇살이다
유리잔에 얼비치는

갈매기의 턱시도
자못 운치가 있다

코코넛 이파리를 깔고
포크와 나이프를 놓는다

—여기는 삼겹살집인데요

홀연 액자 속으로 사라지는
도미니카, 당신

블루홀

카리브해의 한복판
돈가스가 놓여 있다
아주 잘 익은 돈가스다
하얀 산호초가 토핑을 한다
빙글빙글, 시계의 반대 방향이다
그러니까 당신은 왼손잡이
왼쪽으로만 깊어 가는
블루홀이다
오른손 포크로는 감히 가늠할 수 없는
질푸른 눈동자다
그래서 나는 한때
당신이 이 지상에 있기나 한 건가,
의심을 하기도 했었다
나는 당신에게
한 번도 도달한 적이 없기 때문이다
당신도 내게
한 번도 닿은 적이 없기 때문이다

그리하여 도미니카,

당신의 이름을 부른다

문득 출렁이는 물결

카리브해의 한복판이다

SM5

SM3는 넘어서고 SM7에는 못 미치지만
그래도 중간은 되는 거 아니냐며
제법 SM-art하게 몰고 다니던
나의 은회색 애마 SM5

주행거리 20만㎞ 넘어서더니
앞뒤 범퍼에 생채기 생기고
보닛에 검버섯 피었다
활대링크는 디스크로 덜거덕거리고
팬벨트도 주름이 깊었다

Star처럼 빛나본 적 한 번도 없지만
Money를 향한 질주 엄두도 못 냈지만
예나 지금이나 넘보고 싶은 마음
아예 없는 것은 아니어서

눈치껏 엔진오일 교환하고는

아직 한참은 더 달릴 수 있겠다며
액셀 힘주어 밟고 가는
SM5 저 사내, 귀밑머리 희끗한

말뚝 뽑기

그냥은 쉽게 뽑히지 않는다
일단은 대가리를 톡톡 치면서
좌우로 흔들어 보는 것이 요령이다
앙다문 입술을 조금씩 달래 보는 것이다
그러다가 조금이라도 틈새가 보이면
잠시 멈추는 것이 예의다
말뚝은 약속이고 다짐이고 믿음이다
무너지지 않겠다고 무너지지 말라고
서로의 가슴에 박았던
맹세다 어찌 회한이 없겠는가
눈물 몇 방울 그 틈새에 떨구어
한사코 뿌리를 놓지 않으려는
흙의 집착도 풀어 줘야 한다
단단하게 박혔던 말뚝일수록
막무가내로 서둘러서는 안 된다

나는 지금 몇 년째 너를 흔드는 중이다

매포

—도담삼봉

매포는 포구다 남한강 상류에 있다 서해에서 올라오는 소금배가 마지막으로 베개를 베고 드는 여인숙이다 강원도 아우라지에서 내려오는 뗏목이 처음으로 목을 축이고 나는 주막이다 매화 필 무렵부터 그 드나듦이 붐볐다 그래서 꽃철만 되면 포구 곳곳마다 짭조름한 소금기가 배고 푸릇한 송진내가 돌았다 그해는 유난히도 꽃샘바람이 시렸다 핑계 삼아 어느 눈썹 진한 사공이 짭조름한 꽃잎에 눌러앉는가 싶더니 이내 푸릇한 솔향에 취해 첩살림도 기웃거렸다 아뿔싸, 줄행랑치다가 그만 붙잡혀 강 복판에서 오도 가도 못하는 신세가 되고 말았다 매포를 삼봉나루라고도 부르게 된 연유가 거기에 있다 그때부터 매화는 강물에서 피었다 어룽대는 꽃결에 따라 그해의 큰물과 가물을 점쳤다 처첩의 점괘는 늘 엇갈렸지만 사내봉은 한사코 첩봉으로만 기울었다 지금도 매화 꽃철만 되면 유람선 타고 삼봉을 도는 사람들이 많다 모두 꿍꿍이속으로 삼봉 중 한 봉을 마음에 담아 간다

제3부

씨간장

간장독을 여니 바닥이다
간신히 한 종발 뜬다
드르륵, 긁히는 소리
솔아 붙은 소금의 결정이다
맛을 보니 짠맛, 깊다

오늘이 어머니 제삿날이다

무지개

태생이 고개 너머 강 마을이라 했던가 꽃가마 내리던 첫 날부터 연지곤지에 물기가 번져 봄철 내내 빨래터를 찰방거렸지

해마다 장독대엔 키다리꽃이 고개를 치뺐지 그러고도 모자라 까치발로 젖어들던 노란손수건인데 거기에선 언제나 물새 우는 소리가 들렸지

쌀독 긁어 밥 한 술 안치다가 그만 울컥하면 아궁이에 생솔가지만 밀어 넣었지 그때 생긴 검은 눈꼬리의 그을음은 지금이야 지워졌는지 몰라

잠시 곁눈질하던 지아비의 행각 탓이었으리 새벽녘 감나무 서녘 가지에 그렁그렁 그믐달이나 걸어 놓던 그 한때는 차마 내색도 못하고

용케도 지켜냈지 갈비뼈가 일곱 개나 부러져 병상에 누워 있던 둘째의 링거 줄에서 사람들은 둥근 물의 뼈를 보았다고 천지사방 말을 놓고 다녔지만

그 둥근 뼈 안에서 피를 덥히며 나이테를 더한 게 결코 둘째만은 아니었다는 사실은 인근에서 모르는 사람이 없었지

젖을수록 더욱 단단해지는
  눈물의 뼈는 그 어떤 것도 되받아치거나 흩트리지 않고
제 결대로 굽이쳐 저마다의 빛으로 빛나게 했지 그리하여
모든 빛의 근원이었던

  아, 무덤 위의 저 무지개

왕버들

늙었다 어쩌다 이런 산골에 들어
세월을 채질한 게 하마 아름드리다

조용히 보낸 생은 아니었다
봄마다 버들개지 학당을 열어
뽀송뽀송한 솜털 문자를 날리던 선구자였고
손수 뽑은 버들피리로
산 너머 소식을 전하던 봄의 전령사이기도 했다
떠나고 돌아오는 새들에겐
언제나 자상하고 포근한 이정표였고
만행에서 돌아온 매미 선승들에겐
열반의 독경을 포교하는 법석이기도 했다
혹여 쟁의라도 생기면 어김없이 불러 앉혀
해와 달의 순행을 설파하던 준엄한 중재자였고
안녕하시라, 동신제의 제주를 도맡은
명실상부한 마을의 수살목이기도 했다

늙어서도 의관을 함부로 흩트리지 않았다
하마 밑동이 반쯤은 비어 버린
골다공의 통증을
꼿꼿한 자존 하나로 버텼다
그리하여 아직은 정정하다는 듯
가량없는 그늘막을 펼치는 것인데
오늘도 나는 그 안에 들어
아버지, 저 왔습니다

물수제비

동글납작한 돌을 주워
수평으로 던진다
하나 둘 셋……
아쉽다 한 번만 더
그러나 텀벙! 이건 아니다
서둘렀으니 무효다

늦가을의 강바람이 차다
아버지
외투의 검은 단추
마저 잠그기 시작한다

셋 넷 다섯……
조바심이다
이번에는, 이번만큼은
던지고 또 던져 본다
다섯 여섯 일곱……

그러나 거기까지다
끝내 열을 채우지 못하는데
노을빛 저문다

그만 가잔다
올해로 아흔인
아버지
세고 있었을까

가을 무심천

아버지도 저문 탓일까
남은 생애 얕고 투명하다
참, 많이 흘러왔다
조약돌의 내력
묻지 않아도 훤하다
하나둘 건지다 보면
그 아래층
하늘이 보인다 청명하다
말하자면 지하방인 셈이다
바지춤 걷고 조춤조춤
금방이라도 닿을 듯하다
층간을 떠도는 구름
백발이 성성하다
한 올씩 베어 물며 갈겨니들
위아래 넘노는데
그걸 들여다보는 아버지
참, 무심하다

청명

간만에 한잔하실까요?
밤새 빚은 진홍빛 두견주랍니다
이리 청명한 햇살
그냥 보내는 건 섭리에 어긋나는 일
첨작과 음복 한나절만 거듭해 볼까요?
그러다 그만 혼곤해지면
까짓, 생사의 경계는 그 무엇
서로의 팔베개로 낮잠이나 한숨 즐길까요?

아, 벌써 아지랑이 한 채
아롱아롱 혼유석에 깔리네요

월동 준비

우선 보일러부터 손보는 게 순서겠다
기름 탱크 비었으면 미리미리 채워 넣고
방마다 연결된 온수관은
안방부터 거실까지 꼼꼼히 살펴봐야겠다
한 군데라도 탈이 나면 큰일
필요하면 처방전을 청하는 게 옳은 일이겠다
친척 형님 쓰러진 게 막힌 혈관 때문 아니던가
다만, 보일러는 비록 낡았다 하나
아직은 쓸 만하니 그냥 놔두는 게 좋겠다
가스레인지는 비눗물이라도 칠해 보고
화재경보기도 전문가를 불러 봐야겠다
내친 김에 응급전화번호도 저장해 놓고
친구들에게 귀띔을 해 주어야겠다
오래된 내복은 꺼내어 먼지를 털어내고
일광욕을 시켜야겠다 비타민D 부족하면
골다공은 물론 낙상의 위험이 크다 하니
그 곁에 앉아 반나절은 꾸벅거려도 좋겠다

도배는 내일부터 시작할 터
잊지 말라 전화 한 통은 해 줘야겠다
늙어 지저분하면 자식에게도 흉이 되는 법
목욕탕도 한번 다녀와야겠다
무엇보다도 이번엔
척추 수술을 받아야겠다
아직은 조금 더 버텨야 하지 않겠는가

선달

눈이 내린다 함박눈이다
이참에 아들놈에게 전화 좀 해야겠다
제 놈도 이젠 환갑이 지났으니
제법 술맛을 알 터
송로주 한 병 꺼내 오라 일러야겠다
아직은 찬바람 견딜 만하니
간만에 창가에 마주앉아
솔옹이 수를 세며 대작을 해야겠다
밖에는 함박눈 마냥 내리고
술은 역시 옹이로 빚어야 제맛이 아니겠냐며
짐짓 몇 잔은 내가 더 마셔도 되겠다
그러다 온 산하가 하얀 취기로 뒤덮이면
그만 온 길도 갈 길도 모두 놓아 버리고
이내 황홀의 지경에 들고 말리니
아들아, 그때는 나를 깨우지 마라
못다 비운 술잔일랑 네 몫인 줄 알아라

겨울 갈대

노랑부리개개비 한 쌍이 외진 물골 숨어들다 그만 남으로 가는 일행을 놓치고 말았다 그 철없는 사랑을 위해 허리춤에 작고 아담한 둥지를 틀어 주었다 물기 내린 옷섶이 따뜻했다

한 걸음씩 뒤로 물러나 작은 웅덩이를 만들기도 했다 하류에서 피난 온 버들치 가족이 거기에 임시 거처를 정했다 파수를 겹겹 둘러 세우고 살얼음도 살짝 얹어 주었다

가창오리 떼의 군무는 현란했다 뻗치고 휘감아 다시 돌아 펼치는 춤사위가 절묘했다 가히 짝할 게 없었다 그들의 휴식을 위해 포구의 한쪽은 늘 아늑하게 열어 놓았다

서로의 뿌리를 얽으며 뜨겁게 사랑도 했다 우우우 온몸을 흔들며 깊어졌다 그러다 새끼들 태어나 초록의 걸음마를 시작하면 기꺼이 그들의 지지대가 되었다.

그리고 조용히 자신의 생을 강바닥에 눕혔다

꽃지 노을

저물 무렵, 그가 꽃노을 한 필 짊어지고 돌아왔다
수평선을 통째로 물들이는 진홍빛 대단이었다
저 빛이 생의 곡절이라면 아주 먼 바다로부터 출렁여 왔겠다
고래 등 타고 호기롭게 물줄기 뿜어대던 젊은 날도 있었겠다
기항지의 등댓불 바라보며 갈매기도 몇 마리 날려 보았겠다
검은 암초에 부딪혀 하얗게 울부짖은 날도 많았겠다
그리하여 시퍼렇게 멍도 들었겠다 결국은
실핏줄이란 실핏줄 모두 터져 건잡을 수도 없었겠다
그렇지 않고서야 어찌 저토록 장엄하겠는가!
철썩철썩, 가위질 소리인가 하면 바느질 소리
그날 저녁, 그는 손수 마름질한 비단옷 한 벌 지어 입고 수평선을 넘어갔다
밤새도록 등대가 불을 밝혔다

처서

한소끔 끓어오르면 잠시 불꽃을 거두는 것이 자고의 비법이란다 핏속의 열기만 믿고 내처 내지르다가는 밑바닥이 검게 타 버리기 십상이지 그렇다고 서둘러 솥뚜껑을 열라는 조급은 아니야 비록 한술의 밥일지언정 숨고르기를 할 줄 알아야 한다는 것이지 이를테면 뜸 들일 여유를 가지라는 얘기야

뜸을 들인다는 것, 그것은 잠시 불꽃을 오므려 가볍게 다독여 본다는 뜻이기도 하지 그렇게 다독이다 보면 관절의 마디마디 너를 들여다보고 있는 붉은 옹이를 만날 수 있을 거야 뜸자리처럼 아픈…… 거기에 기꺼이 입을 맞춘다면 비로소 계절의 섭리에 눈을 떴다 말할 수 있지 그러고는 나이테의 마지막 단맛을 완성하기 위해 단 한 줌의 불꽃을 정제하는 것, 그것이 바로 이즈음에 할 일이야

누군가의 밥상에 오르는 일은 그리 쉬운 일은 아니란다

황사

그럴 것이다
대붕은 얼마나 광대한 날갯죽지를 가졌던가
갓 화장을 마친 봄처녀를 어깨 위에 앉히고는
날갯짓 한 번으로 알타이산맥을 넘으려 했을 것이다
그러다가 그만, 참았던 재채기가 터지는 바람에
고비사막 한가운데에 불시착을 하고 말았을 것이다
민망해라, 서둘러 콧물을 훔치고는
다시금 날개를 퍼덕이기 시작했을 것이다
날개가 날개인지라 하루 이틀 퍼덕여서는 안 될 것이다
희뿌연 모래바람 사흘도 넘게 불어오는 데는 다 그만한 까닭이 있는 것이다
그래서 나는 꽃가마를 잠시 뒤로 미루고 있는 것이다

동지를 지나며

겨울은 춥고 어둡고 깊다
상처가 자라기에 딱 좋은 계절이다
상처는 아무는 게 아니라
덧나는 것, 곪아서 터지는 것이다
깊은 계곡 얼음장 밑에서
가재 한 마리
상처의 급소를 가위질하고 있다
그때마다 눈보라는 내리치고
바위틈에선 청량한 맥박이 돋는다
아프지 않다
어쩜 너는 급소가 아니었는지도 모른다
이젠
한숨 자 두도록 하자

제4부

사자의 혀
—세체니 다리*

다리는 이쪽과 저쪽을 잇는다

다리의 양쪽 끝에는 거대한 사자상이 있다
그런데 혀가 없다

꼬마야, 더 이상 묻지 마라
너는 아직 혀의 무서움을 모르느니

* 헝가리의 부다와 페스트를 잇는 다리(다뉴브강). 양쪽 끝에 사자상이 있는데 혀가 없다.

훈장

—어부의 요새*

넘치는 영광인가
도금된 포상인가
오래도록 들여다본다
이 조그맣고 화려한 증표

당신을 위해 총칼을 든 것은
아니다
당신 조국을 위해 구축한 요새도
아니다

살고 싶었을 뿐이다
가족들과 오순도순
늦도록 불 밝히고 싶었을 뿐이다
더러는 이웃 불러
갓 잡은 생선구일 안주로

---

* 헝가리 다뉴브 강가에 있는 요새. 어부들이 이 요새에서 적들을 방어했다고 해서 명명된 곳으로 헝가리 애국정신의 상징물이다.

노을 비낀 강 하구에
술 한잔 띄우고 싶었을 뿐이다
우린 그저 작살과 그물만으로도
족할 줄 아는 가난한 어부였을 뿐이다

그러므로 이 증표 하나로
당신과 당신 조국의
거창한 치장이 되는 건 너무 송구하다
문패라니, 더더욱 안 될 말이다

이거, 여기 놓고 가겠다

사랑經
—노트르담 성당*

결론은 의외로 간단했다
에스메랄다,
그녀는 마녀였다는 것
염소를 끌고 다니며
춤추고 노래하는
치명적인 아름다움이었다는 것
그 아름다움에는 언제나
염소의 피가 묻어 있어
누구든 닿기만 하면
마법에 걸린다는 것
그 누구도 헤어나지 못하는
사랑에 빠진다는 것
매혹적인, 너무나 매혹적인
그리하여 감히 죄를 물을 수도 없는

---

* 프랑스 파리에 있는 성당. 빅토르 위고의 소설 『노트르담의 꼽추』의 배경이 되었다. 소설의 여주인공 이름이 '에스메랄다'이다.

주여, 사랑 앞엔 언제나

당신도 뒷전입니다

난 다리로 가야 해요
—퐁네프*

난 다리로 가야 해요
거기에 그녀가 있어요
이 소리 들려요?
강물이 살아나는 소리예요
내가 하늘이 하얗다고 했더니
그녀가 구름이 검다고 했어요
사랑을 하면 그런 말
주고받기로 약속했거든요
이젠 약을 먹지 않아도
서로의 팔베개로 잠들 수 있을 거예요
잊는 법은 배우는 게 아니에요
그런 법은 아예 없거든요
그래서 난 다시 다리로 가야 해요
그녀에게 어둠이 오고 있어요
어서 빨리 그 어둠 속으로 들어가야 해요

---

* 프랑스 센강에 있는 다리. 영화 〈퐁네프의 연인들〉의 배경이 되었다. 영화의 대사 몇 부분을 차용하였다.

그녀의 빛이 돼야 하거든요
사랑은 침대가 아니라
서로를 건널 수 있는 다리가 필요한 거예요
포도주 한 병 주세요
우리 불꽃놀이할 거예요
불꽃놀이는 참 아름다워요
순간의 명멸이 천년을 흐르거든요
사랑도 그런 거예요
미친 듯이 마시고 춤출 거예요
깨물고 할퀴고 빨고 삼키고……
우린 그렇게 서로에게
마지막,
마지막 이미지가 될 거예요

푸른 감옥
—사랑해 벽*

푸른 감옥이었어요 여자의 왼손과 사내의 오른손이 하나의 수갑에 묶여 있었어요 평생 한 몸처럼 지내야 한다며 서로에게 종신형을 선고했다는 거예요 서로가 서로에게 담장이 되는 그런 감옥이었대요 그래도 여자는 무척이나 행복해 보였어요 어제는 구름 마차를 타고 양들의 나라에 가서 피리를 불었고 오늘은 은하로 날아가 밤새워 뱃놀이를 한다는데요

수갑은 유리로 만든 거라네요 아름답지만 쉬 깨진다는 거예요 유황으로 만든 거라는 이도 있어요 태생적인 불기운이 있어 자칫 화상을 입기 십상이라는 거예요 누군가는 다이아몬드로 만든 거라고도 하네요 사실, 그렇게라도 믿고 싶다는 건데요 그렇지 않다면 자진해서 그곳으로 들어갈 리 만무하다는 거지요

---

* 프랑스 파리 몽마르트 언덕에 있는 푸른 벽. 각국 언어로 '사랑해'라는 말이 하얀 글자로 새겨져 있다.

여인을 다시 만난 건 구월의 어느 강가에서였어요 어린 애를 등에 업고 있어 자칫 몰라볼 뻔했어요 손을 씻고 있었는데 수갑을 찼던 왼 손목에 하얀 자국이 선명했어요 씻을수록 더욱 하얗게 빛이 났어요 눈물도 얼비쳐 반짝였는데요 여자는 그렇게 푸른 강물을 따라 흘러갔어요 하얗게 흘러갔어요 여자의 등 뒤에서 어린애도 그걸 보고 있었어요

기타와 소총
—호얀 잘츠부르크 요새*

적들은 물러갔다 그는
소총을 벽에 기대어 놓고는
연둣빛 기타를 집어 들었다
내게 강 같은 평화
내게 강 같은 평화
넘치는 환희를 노래하기 시작했다
그는 본성이 평화주의자였으므로
그의 한쪽 어깨에는 언제나
기타가 메어 있었다 그러나
평화의 척추는 선천적으로 허약하여
한 점 바람에도 쉽게 무너졌다
그때마다 당대의 명의들이 처방전을 냈지만
역사는 언제나 그 효험을 부정했다 암암리에
평화의 척추는 불치의 유전자를
가진 게 아니냐는 풍설이 나돌았다

---

* 오스트리아 잘츠부르크에 있는 요새. 기타와 소총을 함께 전시한 전시실이 있다.

그도 한때는 연금술사들이 거주하는
황금소로를 기웃거린 적이 있었다
그러나 그는 현실주의자였다
연금술은 이제 시대의 뒤편으로
사라진 지 오래, 그 이후로
그는 요새에 은거하여 주저 없이
기타 곁에 소총을 세워 두었다
내게 강 같은 평화 내게 강 같은
평화가 무너진 곳에는
다만 피의 총성이 필요할 뿐
연둣빛 화음의 끝에는
언제나 화약 냄새가 흘러나왔다
그는 슬쩍 소총을 바라보았다
아직도 총열이 식지 않은

사랑의 자물쇠
—미카르트 다리*

그는 오히려 편안해졌다
더 이상 사탕수수를 베지 않아도
밤새 별들의 눈을 닦지 않아도
되었다

처음엔 그도 두려웠다
문득 마주한 달콤함과 반짝임
달아날까 봐
겹겹 울타리를 둘러치고
큼지막한 자물쇠도 꽉꽉
채워 놓았다 영원히
그 누구도 열지 못하리라
열쇠도 강물에 던져 버렸다

울타리 밖으로 반달곰이 지나갔다

---

* 오스트리아 잘츠부르크의 잘차흐강에 있는 다리. 다리 난간에 사랑을 맹세하는 자물쇠가 빼곡히 매달려 있다.

입술이 퉁퉁 부어 있었다
꽃사슴도 기웃거렸다
검게 그을린 가슴의 꽃을 애써 감췄다
아리랑 고개를 넘어왔는지
절룩거리는 늑대도 있었다

그때마다 그는 자물쇠를 매만졌다
왜 아니랴, 모두는 늘 자기만은 예외일 거라는
아주 편리한 믿음을 가지고 있으니

이젠 종종 술집에서도 그를 볼 수 있을 것이다
열쇠를 버렸으니 끝내 꺼낼 수 없는 그것이
담담한 화석이 되려면 꽤 오랜 시간이 걸릴 것이다

그때쯤, 술 한잔 권하며 귀엣말할지도 모르겠다
이 화석, 참 아름답지 않아요?

너는 내게 죽었다
—〈유디트〉*

내가 이렇듯 적진에 숨어든 것은
치마 속 녹슨 칼을 벼리고
은밀한 야삼경 너의 침상을 두드린 것은
네가 적장이었기 때문이 아니다
홀로페르네스,
네가 사내였기 때문이다
왕성하고 무자비한 정복욕에 이글거리는
뜨거운 불꽃이었기 때문이다
그리하여 이번만큼은 기필코
내 너의 불꽃을 잠재우고 말리니
너는 어서 창을 들어라
부족과 종교는 그 무엇, 훌훌 벗어 던지고
알몸으로 치열하게

* 오스트리아 벨베데레 궁전에 전시되어 있는 클림트의 그림. 유디트는『구약성서』에 등장하는 베투리아 마을의 과부로 아시리아군이 침략했을 때 적진에 뛰어들어 적장 홀로페르네스를 유혹, 하룻밤 동침을 하고는 그 목을 잘라 왔다는 여인이다.

치열하게 한바탕 붙어 보자
네가 마상창 곧추세워 한복판을 짓쳐 오면
나는 반월검 구부려 배수진을 치고
네가 금빛 박차를 가하면
나는 매화문 포위망을 더욱 조이고
일합 이합, 진퇴를 거듭해 보자
아뜩한 운우, 천지간에 흩뿌려 보자
절륜하구나, 매 초식 거듭할수록
젖꼭지는 햇귀처럼 탱탱 부풀어 오르고
입술은 조개처럼 할할 단내를 풍기는데
아아, 마침내 온몸을 휘감아 오는
황금빛 황홀이여!
홀로페르네스, 너는 이제 내게 죽었다

천문
—천문시계탑*

째깍째깍,
예전엔 잘 들리지 않던 소리였다
아니, 애써 외면하던 소리였다
애초부터 달팽이관에 뿌리를 내리고
조금씩, 조금씩 싹을 키워 오던
천문의 속삭임이었다
그는 잠시 뒤를 돌아보았다
한때 질주의 대명사였던
초원의 치타가 바로 그였다
적도의 태양은 뜨거웠고
사바나의 바람은 비릿했다
그는 빠르고 날렵했다
백 리 지평선을 단숨에 치달아
바위너설에 오줌을 내갈기고는
오늘부터 내 영역의 경계는

---

* 체코 프라하 구시가지에 있는 시계탑. 정시가 되면 해골이 줄을 당겨 시보를 한다.

여기가 되리라, 송곳니 드러내던
검은 얼룩무늬 전사이기도 했고
배고픈 암컷들이여
내게로 오라, 치기를 부리던
당대 최고의 수컷이기도 했다
그런데 들리기 시작한 것이다
살기 위해 물어뜯었던
그 수많은 생명들이
다름 아닌 자신의 생명이었다는 것
그 나직한 속삭임이 문득 가까워진 것이다
그는 천천히 고개를 끄덕였다
그 순간이었다 초원의 고요가
날카로운 섬광으로 번뜩인 것은
무지개 비끼는 초원 저 멀리
한 떼의 임팔라가 지나고 있었다
째깍째깍,
도망쳐서 될 일이 아니었다

비로소 별
—유대인 묘지*

죽어서도 우리는
이 지구를 벗어날 수가 없었다
죽어서도 우리는 여기에 묻혔고
또 죽어서도 그 위에 묻혔다
우리의 육신은 그렇게
층층이 쌓이고 쌓여
대대손손 썩고 썩어 갔다
그러나 얼마나 다행이랴
우리보다 먼저 우릴 묶었던
족쇄가 푸르게 썩기 시작했으니
그리하여 마침내 우리는
이 지구를 벗어날 수 있었으니
비로소 별이 되어
궁륭 한복판 반짝반짝 빛날 수 있었으니

* 체코 프라하의 유대인 지구에 있는 유대인 공동묘지. 유일하게 매장이 허용된 장소였지만 너무 협소했기 때문에 묘 위에 다시 묘를 쓰는 방식을 택할 수밖에 없었다. 12층까지 매장되기도 했단다.

어떻게 저들은 그걸 알고
일찌감치 우리의 가슴에
별을 달아 주었던 것일까

우리들의 신발
—다뉴브강의 신발들*

저것은 신데렐라의 유리구두가 아니다
뒤꿈치를 깎아내면 누구나 주인이 될 수 있다

저 신발의 기억력은 아주 신통치가 않다
주인의 발가락이 다섯 개였다는 것만을 기억한다

또한 고집불통이다 코의 방향을 바꿀 줄도 모른다
그래서 사람들은 기도를 만들어냈지만,

강물이 영원한 안식을 주리라는 믿음은 착각이다
피비린내 지우려고 천년만년 흐를 뿐이다

지금쯤 부대에 도착했을 당신, 문득 소스라칠지도 모르겠다
소총 옆에 벗어 놓은 왠지 낯설지 않은 신발을 보고

---

* 헝가리 다뉴브 강가에 있는 신발 조형물. 2차 세계대전 당시 유대인들을 이곳에 세워 놓고 총살했다고 한다. 먼저 신발을 벗게 해놓고는.

멀리서 지금,

엽서 속 당신의 딸이 장미를 심고 있다

저자 발문 · 시인의 말

저자 발문

차마고도, 그 고단하고 아름다운

장문석

1

조로서도(鳥路鼠道)라고 했습니다. 새와 쥐만이 다닐 수 있는 길이라는 뜻인데 예로부터 차마고도를 그렇게 불렀죠. 차마고도는 중국 윈난성에서 티베트에 이르는 인류 역사상 가장 오래된 문명 교역로입니다. 평균 해발고도가 4,000m 이상이고, 그 길이도 5,000㎞가 넘는 아주 험준한 길이죠. 오죽하면 새와 쥐만이 다닐 수 있는 길이라고 했겠습니까?

그런 의미에서 2007년 KBS에서 방영됐던 다큐멘터리 〈차마고도〉는 우리가 모르고 있었던 많은 사실을 알려주었습니다. 그 험한 오지에도 사람은 살고 있었습니다. 대자연의 섭리 속에 녹아든 그들의 고단한 삶은 그대로 한 편의 서사시였죠. 배경으로 깔리는 청량하고도 애잔한 민요 가락과 나지막한 내레이션은 자못 몽환적인 분위기마저 자아냈습니다. 아름다움과 고단함, 고단함과 아름다움, 그것이 합일되는 지점에 그들의 삶이 있었습니다.

〈차마고도〉는 모두 6부작인데, 마방의 이야기는 그 첫머리 제1부에 소개되었습니다.

마방은 차와 약재, 곡물 따위를 말에 싣고 차마고도를 오가며 교역을 하는 사람들을 이르는 말입니다. 그들에게 말은 필수불가결한 존재입니다. 말은 곧 그들의 분신이며 생존 그 자체입니다. 함께 벼랑을 타기도 하고 잔도를 건너기도 합니다. 제아무리 깊고 험한 협곡을 만나도 돌아가는 법이 없습니다. 기꺼이 외줄을 타는 위험을 감수합니다. 그래서 말과의 호흡은 매우 중요하죠. 그것이 교역의 성패는 물론 목숨마저 좌우한다는 사실을 마방들은 누구보다도 잘 알고 있습니다.

그런 마방의 길은 글을 쓰는 작가의 길과도 통합니다. 마방과 작가는 똑같이 말을 다루는 사람들입니다. 말을 짧게 발음하면 말[馬]이고, 길게 발음하면 말[語]입니다. 그러므로 차마고도는 말[馬]의 길이기도 하고, 말[語]의 길이기도 합니다. 말[馬]을 이끌고 가는 사람을 마방이라 한다면, 말[語]을 이끌고 가는 사람을 작가라 할 수 있죠. 그런 의미에서 마방과 작가는 동격입니다. 결국은 작가도 마방이라는 얘깁니다.

훌륭한 마방은 자신의 말이 딱히 명마이기를 원하지 않습니다. 그저 힘겨운 여정을 같이 해 주는 것만으로도 감사하게 여기죠. 그래서 항상 자연의 섭리에 순응을 하고, 자신들의 무사안녕을 지켜 준 신에게 경배를 합니다. 또한 여정을 서두르지도 않습니다. 그러면서 말들의 상태를 살피고, 치료하고, 편자를 갈아 끼우는 데 조금의 소홀함이 없습니다. 언제 어디서든 말과 혼연일체가 되어 있습니다.

말은 주인을 닮습니다. 말은 곧 주인을 비추는 거울입니다. 주인의 성정에 따라 훤칠한 명마가 되기도 하고, 비루먹은 당나귀가 되기도 합니다. 다큐멘터리 〈차마고도〉는 그것을 우리에게 일깨워 줍니다.

그리하여 묻습니다. 우리는 진정 명마를 원하는 작가인지요? 그렇다면 지금이라도 당장 저 차마고도의 마방들에게 한 수 배워야 할 것입니다. 그들이 어떻게 말과 더불어 조로서도의 그 위험하고 고단한 길을 가는 것인지, 그 길이 왜 그토록 눈물 나게 아름다운 것인지…….

말을 모르는 자, 명마를 만날 수 없습니다.

2

나는 지금 차마고도 위에 있습니다.

옆길로 새는 샛길엔 아예 빗장을 질러 버렸습니다. 이제부터는 한 길, 오직 한 길만이 있을 뿐입니다.

꽃, 꽃 찾으러 가는 길입니다.

꿀벌 한 마리
호박꽃 속에 들어 있다

꽃잎을 살그머니 오므린다
절체절명!
모르는 체 두 손 모아
법문을 외고 있다

호박꽃을
이리저리 휘두르다가
이윽한 후 펼쳐 보니

놀라워라, 그때껏
용맹정진
죽음마저 달콤한

—나, 지금 꽃 찾으러 간다

—「꽃 찾으러 간다」 전문

나는 마방입니다. 말의 고삐를 잡고 꽃 찾으러 가는 시인입니다. 그러니까 꽃은 내 말이 도달해야 할 궁극의 정점, 최후의 종착점입니다. 꿀벌이 죽음을 불사하듯 나 또한 그렇게 꽃 찾으러 가는 길입니다.

처음엔 기고만장했습니다. 내 말이 곧 명마가 되어 천하를 주유하리라, 조급증에 채찍을 들기도 했습니다. 말을 꽃단장시켜 대문 앞에 세워 두고는 앞으로는 이 말이 내 문패를 대신하리라, 색안경을 쓰기도 했습니다. 그러나 그것이 치기만만한 허세라는 것을 깨닫는 데는 그리 오랜 시간이 걸리지 않았습니다. 적토마나 오추마의 주인은 아무나 되는 게 아니었습니다. 타고난 자질에 피나는 노력이 더해져야 함을 비로소 알았습니다. 그런데도 설익은 마장마술 몇 개 앞세워 명마의 주인임을 자처했으니 그저 모골이 송연할 따름입니다.

그래도 나는 차마고도를 떠나지 못하고 있습니다. 말이 거기에 있기 때문입니다. 내가 황모필 가지런히 합장을 하면 말은 늘 먼산바라기 일쑤였고, 말이 발굽경전을 두드려 초원을 질주하면 나는 항용 늦잠 들기 다반사였지만, 그래도 우리는 서로의 고삐를 놓아 본 적 한 번도 없습니다. 누가 누구의 고삐를 잡았는지 굳이 따지지도 않았습니다. 그리하여 서로의 눈을 바라봅니다. 그리고 고개를 끄덕입니다. 절차탁마의 워낭소리가 끊이지 않는 이유가 거기에 있습니다.

그 워낭소리를 형상화한 것이 바로 세 번째 시집 『꽃 찾으러 간다』(실천문학사, 2014)입니다. 때늦은 깨달음이었지만, 그래도 얼마나 다행입니까? 늦게라도 깨달았으니…….

내일은 기꺼이 외줄을 타고 협곡을 건널 예정입니다.

3

차마고도는 바다로도 뻗습니다. 지상의 차마고도가 험준한 산악과 협곡의 길이라면 바다의 차마고도는 들끓는 용암과 날카로운 유빙, 그리고 휘몰아치는 폭풍우의 길입니다. 흔히 '불의 고리'라 부르는 아주 위험한 항로죠.

도미니카, 도미니카를 만나러 갑니다.

도미니카가 누구냐고요? 도미니카는 대서양의 카리브해에 위치한 공화국의 이름입니다. 설탕과 커피가 유명한 나라죠. 또한 가톨릭 성인의 이름이기도 합니다. 이분을 찬양한 〈도미니크〉(불어식 발음)라는 찬송가는 매우 유명합니다. 그만큼 추앙을 받는 성인이란 의미겠죠. 그래서 가톨릭 신자들의 세례명이 되기도 했습니다. 그중 한 여자를 알고 있습니다. 그러니까 도미니카는 공화국 이름이면서 성인의 이름이고, 내가 아는 여자의 세례명이기도 합니다.

내가 만나고자 하는 도미니카는 그 전부일 수도 있고, 그 전부가 아닐 수도 있습니다. 또한 실재할 수도 있고, 실재하지 아니할 수도 있습니다. 다만 분명한 건 이미 오래전부터 나침반이 거기를 향하고 있다는 것뿐, 그 외의 것은 그다지 중요하지 않다는 겁니다. 결국 도미니카는 바다의 꽃, 다시 말해서 꽃의 또 다른 표상이란 거죠. 그 표상을 향해

돛을 올린 지 오래입니다.

불의 고리에 들어섰습니다. 뜨거운 용암 솟구치는 수많은 열도를 지나야 하고, 날카로운 유빙 떠도는 베링 해협을 지나야 합니다. 또한 견고한 대륙의 허리를 가로질러야 하고, 거기 카리브해의 허리케인과도 맞서야 합니다.

갑판은 불타고 뱃머리는 깨졌습니다. 돛폭도 찢어졌습니다. 그러나 이제부터 시작일 뿐, 앞으로 얼마나 더 많은 갑판이 불타고, 뱃머리가 깨지고, 돛폭이 찢어질지는 전혀 예측할 수 없습니다. 그렇다고 돌아갈 수도 없습니다.

돌아가기엔 너무 늦어 버렸다

어제는 뜨거운 불비
석류알처럼 쏟아지는 쿠릴열도를 지났고
오늘은 날카로운 유빙
아이스크림처럼 떠도는 베링해를 건넜다

갑판은 불타고 뱃머리는 깨졌건만
앞에는 여전히 송곳니 날카로운
알래스카만의 붉은 아가리
이미 깊숙한 불의 고리이다

불의 고리 곁에는 기다렸다는 듯

거대한 대륙, 허리 가로질러
운하 넘으면, 또다시
몰아치는 허리케인, 첩첩일 것이다
마치 잘 숙성된 복선처럼

그날 새벽, 파랑의 행간에 얼비친 블루홀
닿을 수 있을까
보석보다 짙푸른 카리브해의 눈동자
그 가늠할 수 없는 심연의 꼭짓점까지
자맥질할 수 있을까

거기서 한 마리의 말이 된다면
말이 되어 해풍에 비늘 찢긴
뭇 해마(海馬)들 더불어
고요한 묵도의 깊이에 들 수 있다면

얼마나 좋을까, 나 또한
도미니카 니카 니카, 노래를 부르며
말들의 공화국, 그 신비의 블루홀에
붓 한 자루 너울거릴 수 있다면

—「내 사랑 도미니카 1」 전문

밤입니다. 별들이 빛나고 있습니다. 그런데 참 신기한 일입니다. 요즘 들어 저 별 중에 불탄 숯덩이와 깨진 널빤지, 그리고 찢어진 돛폭의 조각이 있다는 생각이 듭니다. 언제 그것들이 하늘로 올라가 별이 되었는지는 모르겠지만, 방향키를 잡을 때마다 수평선의 한쪽에서 유독 빛나는 별들이 있습니다. 나를 안내하고 있습니다. 그런가 봅니다. 상처도 깊어지면 별이 된다는……. 그래서일까요? 요즘은 험난한 불의 고리가 오히려 잘 숙성된 복선처럼만 느껴집니다. 복선은 복선에 이어 또 다른 복선을 예고합니다. 그건 앞으로도 더 많은 별들이 저 하늘에 뜬다는 얘기겠죠.

그 별들이 블루홀을 내려다보고 있습니다. 카리브해의 블루홀입니다. 세상에서 가장 아름답다는 그레이트 블루홀입니다. 멀고, 높고, 깊은……. 그러니까 모든 도미니카가 하나로 모이는 궁극의 정점, 바로 말들의 공화국입니다.

나는 지금 그곳으로 가고 있습니다. 네 번째 시집『내 사랑 도미니카』(천년의 시작, 2019)는 그 여정입니다.

4

이번에는 신화 속으로 들어갑니다. 신화는 인간의 상상력이 만들어낸 가장 고도로 압축된 상징체계죠. 카오스가 있고, 천지창조가 있고, 생명 탄생이 있습니다. 하늘이 있고, 땅이 있고, 인간이 있습니다. 천지인 삼재(三才), 그리고

이들이 주관하는 천지운행이 있습니다. 신비로운 우주의 조화가 있습니다.

그 중심에 천마가 있다고 하면 지나친 비약일까요? 그 천마를 알현하러 가는 길입니다. 자못 경건하고 엄숙한 길입니다.

하늘을 날던 말이 있었다
죽간에 갇혀 낡은 활자나 경중대는 검은 말이 아니라
구만리장천이 자유자재인
신령스러운 흰 말이었다 한번 솟구칠 때마다
천지간의 말씀이 인동당초문으로 출렁였다
뿔에선 언제나 서늘한 서기가 뻗쳤고
갈기와 꼬리에선 날카로운 불꽃이 일었다
감히 범접 못 할 위용이었다
그 시절, 하늘과 땅은 그 뜻이 조금의 어긋남이 없었다
때맞추어 비의 말씀이 대지를 적셨고 감사의 곡물이 제단에 올랐다
우순풍조하여 태평성대였다
이에 경향 각지의 선비들이 몰려와 저마다의 붓을 들어 말씀 한 필 짓기를 청하였으나
무슨 비의가 있음인지 도제를 두지는 않았다
그러던 어느 해던가, 항간에 자신의 이름을 팔아 혹세무민하는 무리가 출몰한다는 풍문에 접하고는

사나흘 장탄식 끝에 스스로 짠 백화수피 14진 속으로 들어가

여태껏 모습을 드러내지 않음은 세상이 다 아는 일이다

—「천마총」 전문

천마는 말 그대로 하늘의 말입니다. 날개 없이도 구만리 장천이 자유자재인 신령스러운 흰 말입니다.

천마는 전령사입니다. 천지간을 오가며 서로를 이어 주는 매개자입니다. 그 시절, 세상은 조화롭고 평화로웠습니다. 하늘과 땅의 말씀이 한 치의 어긋남도 없이 어우러졌습니다.

그야말로 신화의 시절입니다. 신화 속의 모든 사물들은 저마다의 상징으로 천체와 아주 긴밀합니다. 아무리 찰나의 미세한 것일지라도 나름의 상징을 가지고 천체의 구조에 참여합니다. 의미 없는 건 하나도 없습니다. 하물며 천지간의 중간자인 천마야 말해 무엇하겠습니까?

그런데 왜 하필이면 말이었을까요? 그 많고 많은 동물 중에 왜 굳이 말을 선택했던 것일까요? 다른 동물을 초대하여 신성성을 부여하면 안 되는 것이었을까요? 꼭 말이어야만 하는 필연적인 이유라도 있었던 것일까요? 신화가 하나의 상징체계라고 한다면 거기에는 반드시 어떤 상징 계시가 있을 터, 그렇다면 그것이 무엇일까요?

참으로 고전적인 질문입니다. 그러나 아직도 유효한 진

행형입니다. 정답이 있을 수도 있고 없을 수도 있습니다. 정답이라는 것이 시대에 따라, 지역에 따라, 부족에 따라 수시로 모자를 바꾸어 쓰고 나타나기 때문입니다. 때로는 여태껏 보지 못했던 새로운 모자를 쓰고 나타나 많은 사람들을 탄복케 하고는 세상을 조금씩 바꿔 놓기도 합니다.

그 선봉에 마방이 있습니다. 그러므로 마땅히 마방이 된 자라면 늘 새로운 모자를 만들기 위해 골몰해야 합니다. 그것이 곧 천마의 상징 계시를 읽을 수 있는 자신만의 독법을 의미하기 때문이죠. 그렇게 자신만의 독법으로 읽은 천마의 상징 계시를 세상에 전하는 자가 바로 마방입니다.

따라서 마방은 천지간에 정좌하여 겸허와 외경의 자세로 기도할 수 있어야 합니다. 또한 자신만의 독법으로 읽은 천마의 상징 계시가 언제나 인간의 편에 있다는 믿음도 가져야 합니다. 또한 그것이 시대와 지역, 그리고 부족을 뛰어넘어 영원한 진리가 되기를 염원하는 간절함도 있어야 합니다. 그런 다음 말의 고삐를 잡았을 때 비로소 사람들은 말이 세상에 들었다, 라고 말을 하는 것입니다. 그만큼 마방의 책무는 신성하고 막중합니다.

그러나 작금의 세상을 보면 꼭 그렇지만은 않은 것 같습니다. 거친 말발굽이 산야를 전횡하고, 해독할 수 없는 워낭소리가 세상을 현혹합니다. 굽 높은 편자가 솟을대문을 넘나들고, 휘황한 화환이 갈기의 위용을 대신합니다. 그뿐이겠습니까? 이제 막 걸음마를 배운 말들이 도화촌 주막에 들어 권주가를 부르거나 비루먹은 당나귀가 홍당무를 물고 저잣거리를 기웃거리기도 합니다. 모두가 마방이 마방다움을 잃었기 때문입니다.

그렇습니다. 마방은 마방다워야 합니다. 마방이 마방다울 때 말도 말답게 세상으로 나갑니다. 말이 말다운 세상, 그것이 마방들이 꿈꾸는 세상입니다.

그런데 마방을 자처한 당신, 지금 무얼 하고 있나요?

빼저린 자성입니다. 지필묵을 정제하고 천지간의 계시에 귀 기울입니다. 우순풍조의 말씀 한 필 짓기를 소망합니다.

그리하여 경배하러 갑니다. 한 수 귀띔이라도 얻기 위해 천마총, 그 신화 속으로 들어갑니다. 거기서 백화수피 14진 속에 은거한 천마를 알현할 수 있다면, 그때 이번 다섯 번째 시집 『천마를 찾아서』를 올리며 삼가 묻겠습니다.

진정한 마방의 길은 무엇인지요?

정녕 이 길이 맞는 건지요?

시인의 말

현관의 센서 등이 켜집니다
누가 왔구나,
문을 여니 달빛입니다
돌아와 누우면 또다시 켜집니다.
밤새도록 켜졌다 꺼지고
꺼졌다 켜지고

아, 천마(天馬)가 오는 밤입니다

2020. 09
장문석